ADOLPHE RETTÉ

Trois Dialogues Nocturnes

PARIS

LÉON VANIER, LIBRAIRE-ÉDITEUR

19, QUAI SAINT-MICHEL, 19

1895

TROIS DIALOGUES

NOCTURNES

ADOLPHE RETTÉ

Trois Dialogues Nocturnes

PARIS

LÉON VANIER, LIBRAIRE-ÉDITEUR

19, QUAI SAINT-MICHEL, 19

1895

A

Louis DE SAINT-JACQUES

ARGUMENT

Ay de mi! un anno felice
Paroce un soplo ligero;
Pero sin dicha un instante
Es un siglo de tormento.

Le Romancero.

ARGUMENT

Vous rappelez-vous, mon cher Ami, ce soir de juillet où nous causions d'art et de choses passionnelles sur telle terrasse trempée de grand'lune et que rendait si chimérique l'ombre des feuilles de platanes agitées par un vent presque insensible?

Ces ombres, errantes sur les dalles, sur nos mains et sur nos fronts, nous frôlaient pareilles à des vols de fantômes fraternels. La mer toute proche sanglotait très bas à travers le murmure des arbres. Des violons et des guitares chuchotaient, en un dialogue grêle, au-dessous de nous. Parfois un rire de femme montait, comme un rêve, dans la nuit violette. Et l'heure était si doucement mystérieuse que nous parlions tout bas, et qu'il nous semblait alors qu'une *Présence* inconnue recueillait, pour elle seule, nos paroles peut-être auxiliatrices de ce silence murmurant.

Vous disiez : « Il existe des vers qui m'émeuvent à ce point que, lorsque je me les répète, mes yeux s'emplissent de larmes, que je frissonne et que je crois sentir, sur mon âme, l'attouchement d'une autre âme... Et remarquez que ces vers ne sont pas toujours des vers fort *plastiques* — pour employer ce mot haïssable bien que si cher aux fakirs de la « Belle-Forme » — croyez qu'ils se trouvent parfois enchâssés dans un poème où d'autres strophes révèlent une musique plus impérieuse, une émotion plus... littéraire. Mais, que sais-je, il se trouve en eux une passion contenue et pourtant si fervente qui m'étreint le cœur jusqu'à la défaillance.

— Et quels vers, par exemple? vous demandai-je.

— Ceux-ci de Vigny :

Il est sur ma montagne une épaisse bruyère
Où les pas du chasseur ont peine à se plonger,
Qui, plus haut que nos fronts, lève sa tête altière
Et garde dans la nuit le pâtre et l'étranger.

Viens y cacher l'amour et ta divine faute;
Si l'herbe est agitée ou n'est pas assez haute
J'y roulerai pour toi la maison du berger.

— Oui, dis-je, je les connais; comme vous, je les aime et je me les répète parfois parce que *je sens* qu'ils expriment, en leur auguste déroulement de fleurs sauvages, ce moment de l'amour où la nature n'est plus qu'un grand voile de pudeur, où toutes les forces de deux êtres, tendues vers un même désir, s'enlacent l'une à l'autre, et où les baisers semblent évoquer une éclosion d'étoiles... Et cela par un geste, par un regard, par un mot à peine balbutié *avant* l'étreinte fatale. »

Nous nous tûmes un peu de temps. La mer gémissait plus haut vers la lune embrasée. Les guitares et les violes s'alanguissaient éperdument. Un parfum de menthe et de myrte flottait dans l'air diamanté.

Je sais d'autres vers, repris-je, et ceux-là non plus je ne puis me les réciter sans goûter une joie amère comme cet arome qui nous charme, comme cette mer qui se plaint : *le Colloque sentimental* de Verlaine. Aimez-vous la grandeur désolée de ces distiques, aussi

simples que des enfants, et où se débat toute
l'ardeur d'une passion à l'agonie? Ceux-ci :

Vous souvient-il de notre extase ancienne?
— Pourquoi voulez-vous donc qu'il m'en souvienne?

Ton cœur bat-il toujours à mon seul nom,
Vois-tu toujours mon âme en rêve? — Non.

Ah ! quiconque n'a pas frémi jusqu'aux replis
les plus profonds de son être en lisant ces
vers, quiconque ne s'y est pas miré comme en
un tragique miroir est une brute ou un
monstre.

Et l'entrée dans l'*Accompli* funèbre, ce dis-
tique :

Tels ils allaient dans les avoines folles
Et la nuit seule entendit leurs paroles...

Mais que dis-je? Il faut subir ou avoir subi
l'amour pour comprendre ces vers.

— Cependant, répondites-vous, ne serait-ce
justement pas un grand bien, un précieux don
de l'ironique hasard qui nous mène parmi l'indifférence de Tout que : *ne pas subir, n'avoir
pas subi* l'amour? Vous-même, n'avez-vous pas

prononcé jadis contre lui la plus violente des malédictions, quand vous rejetiez, comme un affreux cilice, l'emprise passionnelle?

— Non, répondis-je, ce vœu d'indifférence que je prononçai, cet appel aux joies seules de la chair vénale furent des lâchetés.

N'y cherchez que le cri de détresse d'une âme lasse au point d'avoir peur de la vie. J'étais alors le Pauvre au Cœur sanglant accroupi sur les marches usées d'un palais en ruines. J'avais tant haleté parmi les fourrés de roses mauvaises où se lacéra mon âme, que je demandais seulement à dormir — tous songes abolis... Mais la vie n'a cure de nos défaillances. C'est une Dame jalouse qui nous stimule à son vouloir pour que nous la revêtions de nous-mêmes tant que notre être est capable de jouir et de souffrir. Aussi, lorsque notre heure est venue d'aimer, nous aimons, nous sommes heureux et malheureux — afin de lui plaire... car nous ne *pouvons* pas nous châtrer le cœur.

— Sans doute, dites-vous, mais pourquoi si brefs les instants heureux, pareils à ceux révélés par de Vigny, pourquoi si longs et si lourds les instants de souffrance pareils à ceux que Verlaine sacra de frissonnante beauté?

—Parce que nous ne voulons pas reconnaitre l'emprise changeante de la vie, et qu'elle nous en punit. Empoisonnés d'Absolu, méconnaissant que toute émotion dont s'illumine ou dont s'enténèbre notre être, nous devons l'accueillir comme un don magnifique de l'illusion universelle, nous nous entêtons à créer un fantôme d'Idéal à l'image de notre âme trop vieille ou trop savante. Et devant ce fantôme, nous nous efforçons de figer nos joies en des attitudes définitives. Puis, nous tentons d'écarter de lui les peines et le tourment d'amour de peur qu'il s'efface. Follement nous voudrions alors fixer le temps et abolir l'espace. Et pourtant la vie ne peut être satisfaite que si la joie communie avec la souffrance...

Pour moi, j'espère avoir aujourd'hui rompu le cercle de l'Idéal maudit; j'ai dispersé le fantôme. Lorsque j'aime, mes joies et mes douleurs je les accueille sans les défigurer. Que l'amour me grise de son vin d'or mêlé de sang ou qu'il me frappe de sa cognée de dur bûcheron des cœurs, je ris ou bien je pleure, mais

je suis *quand même* heureux, d'abord de me
sentir vivre et ensuite d'ouïr bientôt éclater
en moi l'ouragan floral des rythmes.

— Quoi, dites-vous, même l'incertitude, même
la jalousie, même cet état horrible où l'on se
sanglote encore avec Verlaine :

> Dormez tout espoir,
> Dormez toute envie...

Vous acceptez tout ; et vous reniez cet Idéal
par qui, si nous le pouvions atteindre, nous
n'aurions que délices, musique et songe infini ?

— Oui, répondis-je, je veux vivre toute la
vie. Fier d'avoir mangé le fruit de l'arbre de
la science du bien et du mal, je suis un homme
et je ne cherche pas, *servilement*, à être un
dieu. J'aime l'amour selon que je le sens en
moi et selon que je le trouve chez celles qui
me prêtent leur bouche et leurs yeux. Mes
vices et mes vertus, mes passions et mes rêves,
je les offre sans restriction à la vie. J'ai pu
être traître et vil, généreux et confiant, mais
j'ai l'orgueil d'avoir été sincère. Aussi je ne re-

grette rien. Et eussè-je dix existences à dépenser que je les dépenserais sans doute encore de même, selon la part d'humanité qui est en moi. »

Nous nous tûmes de nouveau. La mer, maintenant apaisée, flambait en fournaises d'argent clair aux baisers de la lune. Les violes et les guitares ne jasaient plus. Les feuillages dormaient. Et la nuit était douce comme une grande caresse d'ombre...

C'est à cause de notre conversation de ce soir-là que j'écrivis pour vous ces dialogues où s'exalte tout cela qui fit tinter farouchement ou joyeusement les grelots de mon âme peut-être trop humaine.

HÉCATE

HÉCATE

Une chambre à coucher aux tentures rouge sang fleuries de chimériques fleurs mauves pistilées d'ambre. Un grand vitrail niellé d'or regarde vers le parc où l'Automne passe parmi l'ombre, la pluie, le brouillard et les chrysanthèmes. Nulle « œuvre d'art » hormis sur un piédestal une statuette vert-de-grisée de la déesse Tanit.

Hécate, aux yeux de Floride un peu bigles, à la rousse chevelure éparse, se tient assise nue dans son lit. Elle fume ; et la fumée de sa cigarette ennuage de bleu ses maigres exquises épaules. Théodore étendu sur un divan, les pieds plus hauts que la tête, fume aussi et semble assez morose.

HÉCATE

Mais ce n'est pas un caprice, vous dis-je !... Il faut que vous me racontiez vos souvenirs de notre plus récente rupture. J'ai besoin de les connaître... d'abord pour moi-même et ensuite dans votre propre intérêt sensuel.

THÉODORE

Rien ne m'est plus de ces choses... Et je vous trouve bien tyrannique.

HÉCATE

Point du tout ! Ne vous rappelez-vous pas combien, d'autres fois, nous avons goûté une aiguë volupté à nous redire les maux que nous nous étions faits?

THÉODORE

Littérature, littérature que tout cela !

HÉCATE

Ne mentez donc pas ! Vous savez très bien que le moindre de vos soucis est d'être littéraire en ces occurrences... Vous savez aussi qu'une telle confession — sans repentir — émeut en vous des violences que j'aime : toute votre manière d'être lorsque vous souffrez...

Et puis rappelez-vous encore : mes lèvres ne sont-elles pas alors plus savantes ? Est-ce que je ne vous serre pas dans mes bras avec plus de caresse ? Ne sommes-nous pas heureux au point de nous aimer jusqu'au sang ?... Ah !

dites; parlez si vous voulez que nous nous prenions de nouveau comme nous nous sommes pris tout à l'heure quand vous êtes venu si âpre, si *vous-même*, les yeux chargés de larmes, vous réfugier entre mes seins pour y retrouver l'odeur d'autrefois.

THÉODORE

Peut-être avez-vous raison... Pourtant j'ai peur. A quoi bon porter la braise ardente parmi ces cendres refroidies.

HÉCATE

Parle, mon aimé — car ce soir je t'aime — dis-moi ce que tu as souffert à cause de moi, afin que tes yeux soient mon rêve, afin que mes baisers recueillent, pour ta joie et la mienne, les roses sanglantes de ton tourment.

Théodore se lève et va vers le vitrail contempler l'Automne errante.

THÉODORE

Est-ce à cause de cette nuit si morne, est-ce à cause du bruit des feuilles qui tournoient en détresse par les allées, est-ce parce que ton

2.

désir et tes gestes éveillent en moi les plus
tressaillants de mes souvenirs ?... je te dirai
ma peine de jadis...

Mais, Hécate, l'Automne se dresse entre nous
portant un bouquet d'arrière-saison ; elle est
pâle et belle comme la Mort — et ses regards
nous font signe...

Cependant peut-être est-ce en effet l'heure
de parler.

HÉCATE

J'entends l'Automne se plaindre et les feuilles
d'or mourant gémir sur le sable des allées.
J'entends la pluie à petit bruit sur les ramures
lasses. Un arome de fleurs décomposées monte
à nous... Je t'écoute et je t'aime.

THÉODORE, assis contre elle sur le lit.

Ce soir-là, si tu t'en souviens, tu m'avais dit :
« Va-t'en ; je sais trop ton étreinte et ta voix ;
je ne te puis plus souffrir... Un autre me plaît
et je veux l'aimer sans mensonge. »

Et comme, te frappant au visage, j'exigeais
d'apprendre qui était celui-là, tu me répondis :
« Ne cherche pas à me résister, ne me frappe

pas... Va-t'en, ta vue m'est odieuse... Et d'abord
sache qu'hier, lui, je l'ai attiré dans mon lit et
que nous nous sommes follement possédés —
pendant que tu écrivais des vers pour moi. »

Alors, Hécate, je baisai sur ton visage la place
que j'avais frappée et, tandis que tu essuyais
la marque de mon baiser, je sortis sans rien
dire... Mais à quoi bon rappeler tout cela puisque je ne suis pas revenu mendier des caresses
qui ne *pouvaient* plus être miennes, puisque
j'ai souffert sans que tu aies eu à souffrir de
ma rancœur.

HÉCATE

Hé! le sais-tu si je n'ai pas souffert?... A
peine tu fus parti, je me détestais de t'avoir
chassé. Et quand l'autre vint, je le traitai plus
mal que je ne l'avais jamais traité.

THÉODORE

Maintenant c'est toi qui mens, car cette nuit
même il fut heureux dans tes bras.

HÉCATE

Qui te l'a dit?

THÉODORE

Lui... Et je le crois tandis que je ne te crois pas.

HÉCATE

Eh bien ! c'est vrai... D'abord de trouver mon désir assouvi, le tenant serré contre moi, je fus heureuse. Mais ensuite je pensai qu'il serait pareil à toi bientôt, que pareils seraient nos baisers et pareilles nos paroles. Je ne sais quel voile se déchira entre nous et je *sus* qu'il n'y aurait plus tout à l'heure dans ce lit qu'une double banalité accompagnée de gestes ridicules : l'accouplement haletant de deux bêtes au lieu du rêve que j'avais rêvé de fixer en lui... Alors, après avoir raillé et rudoyé ton rival — tant qu'il pleura, je trouvai tout à coup très doux de dorloter sa souffrance ; je lui rendis mes lèvres et mon corps et je crois bien me souvenir que je l'aimai l'espace d'une heure... Mais quel réveil horrible ; et combien j'aurais voulu, dans ce moment, te sentir, toi, contre moi.

THÉODORE

Parce que tu viens de parler franchement,

selon ta nature, je te dirai maintenant ma peine de cette nuit-là...

Je sortis donc. L'ombre était toute visqueuse. Il pleuvait à larges gouttes comme aujourd'hui et un vent mou me léchait le visage. Je ne pensai d'abord à presque rien. Mes mains tremblaient un peu et je me répétais machinalement : « A présent, c'est fini, fini, fini... » Mais ces mots n'évoquaient en moi qu'une douleur trouble pareille à un souffle fangeux autour de mon âme. Tout à coup, *sans que j'eusse réfléchi*, je me sentis si faible que je crus avoir un trou dans le cœur. Je dus m'appuyer au mur et je restai là immobile comptant idiotement les pulsations de mes tempes... Puis je repartis. J'allais chancelant, sans rien voir, sans rien entendre. Il me semblait qu'en avalant ma salive, j'avalais mon sang... Je marchai longtemps — peut-être plusieurs heures, pensant à des niaiseries : à un bracelet que tu portais ce soir-là. Soudain, l'évidence entra en moi. Je *sentis* que d'autres lèvres, à ce moment même, frémissaient sur tes lèvres, que d'autres yeux reflétaient tes yeux, je *vis* une autre main palper ton corps. Je compris que notre amour gisait dans la boue, pareil à des rêves flétris ou à ces feuilles rouillées d'automne qu'emportent le vent et la pluie. Et tous les serments que nous avions échangés me revinrent à l'esprit et aussi toutes les caresses que nous nous étions faites. Alors une douleur *physique* m'étrangla le cœur. Ce sang illusoire dont j'avais la bouche pleine je le crachai... Et un désir de mort nous englobant toi, lui et moi fleurit diaboliquement en mon cerveau...

Dès lors je fus très calme. Je rentrai chez moi et je m'armai d'un couteau à double tranchant qu'un vagabond, secouru naguère en mes aventures par les routes, m'avait donné...

Ah ! Hécate, tout cela est bien peu littéraire !

HÉCATE

Parle, mon aimé. Ma bouche gonflée de tes sanglots te donnera la récompense.

THÉODORE

Lorsque j'eus mis le couteau dans ma poche, il me sembla que je venais de prononcer le serment qui nous vouait tous trois à l'ombre sans étoiles. Je vous le répète, j'étais très calme.

Et je serais certes allé tout de suite chez toi pour frapper, si, à peine sorti, je n'avais rencontré un ami — de poignées de main sans plus — qui se tenait immobile au bord du trottoir, déchirant une lettre et balbutiant des mots sans suite.

« Qu'est-ce? lui dis-je, vous semblez bien ému.

— Ah! mon ami, une femme me tue.

— Tiens, dis-je, moi — c'est le contraire. »

Il ne parut pas me comprendre. Alors j'eus la pensée de *vérifier* sur cet homme à demi fou d'angoisse ma propre souffrance. Et, l'ayant invité à m'accompagner, je le priai de me narrer sa malaventure. Il me montra une lettre de femme. — Cette femme je la connaissais et je la jugeais vulgaire. Mais savons-nous *pourquoi* souffle l'amour? Bref, elle le priait de cesser tout rapport avec elle. Et le papier qu'il déchirait contenait une réponse par laquelle il la suppliait de le laisser veiller sur elle — fût-ce à titre d'ami. « Mais, ajouta-t-il, je préfère le lui dire de vive voix — et je vais la chercher. »

Cela vous semble sans doute bien stupide,

Hécate? Hé bien, moi, cette lettre me fit réfléchir. « Quoi, me dis-je, voici un malheur
presque semblable au mien sauf que je hais et
que celui-ci ne cesse d'aimer... Ne vaut-il pas
mieux que moi?... » Je l'ai cru.

Je laissai donc là le couteau. J'oubliai le sang
qui m'aveuglait l'âme — et aussi ma haine qui
n'était que de l'amour méchant... J'écrivis une
lettre; je vins chez vous; je la glissai sous
votre porte. Et, après avoir baisé le parquet
où posèrent vos pieds, je m'enfuis.

Quant à la lettre, vous savez ce qu'elle disait
— vous l'avez encore. Mais d'après ce que
vous m'avez raconté depuis, *l'autre* épouvanté
d'entendre frapper à la porte, vous supplia de
ne pas ouvrir, alors qu'il eût été naturel de sa
part, si vous ne l'aviez rendu lâche par votre
chair, de venir voir *qui* était là... Cette nuit-là,
vous avez été un motif de torture et d'avilisse-
ment pour deux êtres sincères, mais il ne vous
en ont pas voulu, car ils savaient que Tanit la
douteuse rythmait votre âme et dirigeait vos
actes... petit ferment de mort que vous êtes...

Le lendemain matin, je suis parti en voyage.
Et, de la frontière je t'ai envoyé un bouquet de

violettes toutes nouvelles. — Je n'ai rien de plus à te dire.

HÉCATE

Oui... Maintenant je me souviens de tout. Et j'aime tant ta souffrance! Viens dans mes bras.

THÉODORE

Je le veux! Ce rappel des douleurs passées me voue à toi cette nuit. Donne-moi ta bouche que j'y retrouve l'ardeur de nos anciens baisers... avant que demain vienne nous faire souffrir encore.

HÉCATE

Pourquoi? pourquoi? dis vite?

THÉODORE

Ah! ne nous sommes-nous pas tué le cœur par ce soir de jadis?

Un silence. La pluie s'est tue. La lampe s'éteint. Les nuages s'écartent un instant. Un rayon de lune descend nimber de songe fluide la statue de Tanit.

HÉCATE, tout bas.

Dis, mon aimé, ce couteau, ne l'as-tu plus? Je voudrais le voir.

THÉODORE

Ne touchez pas à la hache.

CYDALISE

CYDALISE

Un petit salon vert d'eau passablement luxueux et très illuminé de girandoles. Cidalyse, brune aux yeux bleus étonnés, entre dans le plus grand désordre en rajustant son corsage. Théodore en habit la suit.

CYDALISE

Cela est indigne!... Je ne comprends pas comment vous osez rester ici après ce que vous vous êtes permis... Je ne vous pardonnerai jamais. Allez-vous-en.

THÉODORE. (Il s'assied.)

Vous êtes vraiment délicieuse lorsque vous vous courroucez ainsi... Je ne puis vous exprimer à quel point vous me plaisez en ce moment. Vos yeux, pour l'ordinaire si languissants, luisent comme des feux-follets. Ce n'est plus

3.

le fard qui avive vos joues, mais bien une fleur de sang... Ah! tentante vous êtes, ma reine.

Cydalise se pose devant une glace et arrange ses cheveux avec des gestes boudeurs.

THÉODORE

Pourquoi rétablir l'ordonnance ennuyeuse de votre coiffure? Je vous affirme que vos cheveux gagnent fort à s'échapper en révolte autour de votre front un peu trop étroit... Et puis pourquoi aussi emprisonner de nouveau votre gorge dans ce brutal corset? Ne craignez-vous pas que tant de pudeur ne m'engage à vous enlever tous vos atours?

CYDALISE

Si vous m'approchez, je crie, j'appelle, je casse quelque chose, je vous griffe!

THÉODORE

Là, là, ma belle féroce, calmez-vous. Je vais rester assis dans ce fauteuil. Asseyez-vous de même, le plus loin de moi que vous voudrez, et causons... Je vous dois quelques explications sur mon inconvenante façon d'agir.

CYDALISE

Vous expliquer? Je vous trouve bien impudent. Et quelles explications pourriez-vous me donner alors que vous devriez vous confondre en excuses?

THÉODORE

Des excuses?... Pourquoi donc?

CYDALISE

Vous vous êtes conduit avec moi comme un charretier, vous m'avez brutalisée, vous m'avez...

THÉODORE

Violée, dites le mot, bien que la chose soit fausse.

CYDALISE

Fausse! fausse! — Vous oseriez insinuer que ce fut de mon plein-gré que... Épargnez-moi au moins, de préciser... à votre honte.

THÉODORE

Mon Dieu, je ne veux pas prétendre que vous vous êtes jetée dans mes bras avec tous les signes d'une passion délirante. Cependant si vous voulez me permettre quelques éclaircissements, je me fais fort de vous prouver que vous m'avez provoqué à ces violences dont vous vous exagérez l'abomination.

CYDALISE. (Elle s'assied.)

Je suis vraiment curieuse d'apprendre en quoi ma conduite à votre égard a pu autoriser de telles vilenies.

THÉODORE

Rien n'est plus facile. Daignez écouter et surtout laissez-moi parler un peu cyniquement.

CYDALISE

Cela sera bien selon vos manières habituelles!... Mais ce dont je suis choquée, c'est du calme avec lequel vous vous exprimez tandis que vous devriez être confus, hors de vous...

THÉODORE

Éperdu de reconnaissance, n'est-ce pas?

CYDALISE, piquée.

Mais — sans doute.

THÉODORE

Eh bien, non. Je ne suis pas reconnaissant du tout. Cela vous étonne peut-être. Néanmoins j'ai la certitude que vous comprendrez pourquoi tout à l'heure.

CYDALISE

Parlez alors, puisqu'il faut me résigner à vous entendre.

THÉODORE, debout.

Oh! Cydalise, croyez bien que je ne veux pas abuser de votre mansuétude. *Maintenant*, je suis prêt à me retirer.

CYDALISE

Vous êtes insupportable. Parlez, vous dis-je.

THÉODORE, à part.

Je savais bien, jolie guivre bleue et rose, que tu mordrais à l'appât.

CYDALISE

Que marmottez-vous là entre vos dents?

THÉODORE

Je prépare mon discours — car avec une femme aussi... littéraire que vous passez pour l'être, il sied de soigner ses périodes.

Or voici : lorsque je vous fus présenté, il y a quelques années, vous étiez, disait-on, la grande amie d'un seigneur entre deux âges, très féru de votre personne, très infatué de la sienne. Vous lui teniez, je crois, la dragée assez haute. Moi j'étais un maraud de poète, fort maladroit, ridiculement naïf, rêveur au possible et, de plus, amoureux d'Hécate à en perdre le jugement. Votre liaison, l'on en causait comme d'une chose charmante, élégante, décente. La mienne, on la trouvait disgracieuse, ennuyeuse, scandaleuse. Mais je n'avais cure de cette appréciation. Je dépensais mes jours et mes nuits à me quereller et à me réconcilier avec Hécate sans m'inquiéter — et sans qu'elle s'inquiétât — de la réprobation générale...

Je vous fus donc présenté. A peine daignâtes-vous laisser tomber sur moi un regard divinement négligent. De mon côté, je vous tournai le dos après vous avoir saluée et j'oubliai tout de suite qu'il existait une Cydalise.

CYDALISE

Insolent !

THÉODORE

Mais non : j'étais alors beaucoup trop épris pour *voir* aucune femme hormis celle qui me rendait insensé... Je vous ai déjà dit que ma naïveté passait toute croyance.

Quelques mois plus tard, je vous ai rencontrée, un soir, seule dans le parc. J'étais très triste. Vous avez bien voulu non seulement vous apercevoir que j'existais, mais encore me parler de ma passion, me plaindre, m'engager, en vous offrant comme confidente, à vous décrire mon « état d'âme ».

Vous dites bien « état d'âme ». — Cette expression tirée de nos plus avérés psychologues me surprit un peu dans votre bouche. Toutefois je ne m'attardai pas à l'analyser — précieusement. Je souffrais tant d'une quasi-rupture à ce moment-là que, poussé par ce singulier sentiment qui nous porte à confier à tout autrui notre peine lorsqu'elle nous écrase par trop douloureusement le cœur, je vous racontai — prolixement — mon aventure avec

Hécate. J'étais tout fiévreux de douleur. Je vous serrais les mains. Je riais et je sanglotais dans la même minute. Enfin j'étais à coup sûr tel que les personnages compassés, qui sont d'habitude vos élus, ne se montrèrent jamais avec vous...

Quand j'eus fini mon extravagant récit, je m'appuyai à un arbre. Je suffoquais et de grosses larmes me descendaient sur les joues. Alors vous vous êtes approchée de moi. Vos yeux brillaient comme aujourd'hui à travers des larmes qu'on eût dites... semblables aux miennes. Vous avez noué vos mains à mon épaule et vous avez balbutié très bas : « Et moi aussi, Théodore, je suis atrocement malheureuse. »

Ensuite, nous sommes rentrés côte à côte au château sans nous parler davantage. Puis nous avons été un long temps avant de nous revoir. Et j'étais trop occupé de moi-même pour réfléchir tout de suite à cette soirée singulière. Pourtant je crois que mes souvenirs sont exacts — n'est-ce pas ?

CYDALISE

Je me rappelle en effet... Je dois reconnaître

que vous n'exagérez rien. Ce soir-là, j'étais
triste, aimant pour la première fois, et me sa-
chant trompée.

THÉODORE

Bien cela, Cydalise ! Je ne vous en demande
pas davantage...

Une année passa. Je m'étais guéri un peu de
mon amour, beaucoup de mes rêveries, tout à
fait de ma naïveté. Je vous ai rencontrée de
nouveau dans un salon. Mais quel changement !
La Cydalise *quant à soi* était seule à me parler.
Tandis qu'en phrases assez gauches j'essayais
d'abord de vous remettre en mémoire cette
heure où nous fûmes si bizarrement sincères,
vous me parliez de mes vers, de mes voyages,
de cent choses fastidieuses avec le désir —
très évident — d'écarter toute allusion à des
souvenirs que vous jugiez alors, je n'en doute
pas, inconvenants.— Vous avez été très digne,
très bas-bleu et parfaitement ridicule... Et
pourtant vos yeux, encore ce jour-là pareils à
des feux follets, semblaient, malgré vous, me
solliciter d'être le Théodore de naguère, me
reprocher ma « correction » pour employer un

terme du langage de votre monde. Mais moi, me réglant sur vos dires et non sur vos yeux, instruit et méfiant, je ne vous offris plus que des descriptions de sites et des aperçus d'esthétique.

Après que nous avons eu causé quelque temps, comme maintes personnes menaient autour de nous un grand brouhaha de papotages saugrenus et que cela m'agaçait fort, je suis sorti. Mais, en m'en allant, je formulai sur vous un jugement qui, je vous en avertis, n'a pas varié.

CYDALISE

Et quel est-il ce jugement?

THÉODORE

Tiens! je vous intéresse donc? J'ai presque envie maintenant de ne plus rien vous dire.

CYDALISE

Apprenez-le moi et je vous pardonne tout.

THÉODORE

Soit. — Donc je me dis : voici une femme habituée dès son enfance à ne s'attacher qu'aux apparences pourvu qu'elles soient suffisamment convenues et décoratives. Par le fait de son éducation et des habitudes que firent contracter à son âme des sentiments séculaires chez ses ascendants, elle n'obéit à la passion que comme elle obéit aux règles d'existence qui régissent ses rapports avec quiconque. Si on l'aime, il faut que ce soit selon les préceptes appris. Si elle aime, elle n'ose pas écouter la nature, elle se refuse à tout geste *vrai* et elle n'est plus qu'une poupée mue par un mécanisme imbécile... Pourtant un soir, sous l'aiguillon d'une imprévue douleur, en contact avec un sentiment brutal, *vivant*, elle s'est éveillée — elle a été selon l'instinct humain — elle a été véridique. Depuis, comme il était fatal, l'habitude, son milieu l'ont reprise. Mais l'unique sensation inscrite, de ce soir-là, dans sa chair et dans son âme crie toujours vers *celui-là* qui souffrit à son unisson. Pauvre être qui pense trop et ne sent pas assez, parfois, en présence de ce souvenir, malgré l'éducation conquérante, malgré ses nerfs domestiqués, elle tressaille jusqu'au tréfond d'elle-même; elle est une femme et non plus une caillette affolée de veule civilisation. Il faut la plaindre.

CYDALISE

Mon Dieu je ne sais... mais j'ai peur que vous ne disiez vrai. Et si vous disiez vrai, ce serait affreux.

THÉODORE

Affreux ? non pas. Mais triste certainement. Laissez-moi continuer. Comme cette femme, continuai-je, est entourée de personnages froids et trop bien appris, de ceux qui dissimulent leurs instincts sous un vernis de belles manières, elle se réfugie aux conversations d'art titillant et de psychologie respectueuse, et lorsqu'elle reçoit un amant dans ses bras, elle renie son âme et ses yeux de peur d'être elle-même ; elle a honte de sa chair et elle ne se livre que parmi d'insipides nuées de pudeurs fausses et de remords feints... ainsi d'ailleurs que le méritent les médiocres individus qui la dévêtent.

Plusieurs fois nous nous sommes retrouvés encore. Et je finis par démêler que si je consentais à laisser de côté ce que vous appelez mon cynisme vous me jugeriez digne d'avoir part à vos faveurs. Mais, de la sorte, je m'en souciais peu. Enfin aujourd'hui, vous m'avez offert de

vous accompagner pour vous élucider, disiez-
vous, quelques points de la métaphysique ibsé-
nienne. Dans la voiture, vous me parliez
d'*Hedda Gabler*, de *Rosmersholm*, etc., en des
termes que je vous affirme inférieurs.

Mais en vos yeux s'alanguissait le souvenir
de ce soir de jadis au parc et vos yeux parlaient juste. Aussi, j'étais bien décidé à ne pas
m'attarder à des soupirs et à des prières ridicules, j'étais désireux de vous faire connaître
une sensation égale en violence à votre sentiment de naguère, et cette sensation vous la
sollicitiez sans vous en douter. A peine arrivés
ici, j'ai soufflé sur le mensonge qui vous ennua-
geait l'âme, j'ai rompu le lacet de votre corsage, et, sans protestations ni serments, je
vous ai prise. Ai-je eu tort? Je ne le crois pas,
car, avouez-le, vous n'avez pas fait une bien
grande résistance.

CYDALISE

Je suis toute troublée... Je suis si peu habituée à cette franchise brutale... Eh bien oui!
vous avez raison... Mais alors, Théodore, vous
m'aimez un peu?

THÉODORE

Moi ? Pas le moins du monde. J'ai voulu vous rendre un service, rien de plus. Si je vous avais aimée, je n'aurais pas analysé votre caractère : depuis tout à l'heure, je vous aurais prise de nouveau... Mais il se fait tard, permettez-moi de me retirer — et ne m'en veuillez pas... trop.

(Il sort.)

CYDALISE

Théodore ! Théodore !... Il est parti... Je ne puis pas, je ne dois pas lui pardonner... Mais pourquoi n'est-il pas resté? Est-ce donc qu'il me trouve laide?... Je vais lui écrire... Non, demain j'irai chez lui...

Elle fait quelques tours en silence puis elle fond en larmes.

CYDALISE

Ah ! Ah ! Ah ! toute seule... Je suis si malheureuse !...

MADEMOISELLE FLEUR

MADEMOISELLE FLEUR

Un soir tiède et mol de fin d'été ; le prisme des nuances assourdies aux feuillages inquiets ; un ciel vert pâle où la fine lune d'or malade moissonne une défaillante floraison d'étoiles. Les heures s'attardent parmi les géraniums et les bassins silencieux du parc. Les arbres dorment séculaires. Le vent palpite un peu, pareil aux ailes d'un archange qui s'ennuie. Quelques chauves-souris décrivent dans l'atmosphère mi-obscure d'obtuses géométries. De la rivière au loin chuchoteuse sous les saules il s'élève une brume indécise semblable à des songes d'hésitante Ophélie. L'ombre bleue frémit doucement où s'évanouit l'âme aromale des tilleuls et des roses lasses : on dirait la pudeur d'un parfum.

Et les heures passent paresseuses, oubliant de chanter. Et la hulotte sanglote.

Théodore soliloque assis sur un banc revêtu des mousses rouillées de l'an passé.

THÉODORE

Si j'étais encore aujourd'hui le troubadour que je fus naguère, voici un soir insidieux qui

me serait propice à l'exposé d'un certain nombre d'émotions hypocritement sensuelles, gri-
mées d'idéal — sottes comme des myosotis. Ma
curiosité vers la petite créature qui me pria
de l'attendre ici se compliquerait de souvenirs
titillants et d'équivoques lyriques. J'aurais tout
à l'heure le loisir d'accorder les violes et les
flûtes de l'orchestre falot destiné à me donner
l'illusion d'un goût passionné pour cette Fleur
animale et charmante. Mais elle, émue par la
lune et la nuit, stimulée à point par les grat-
teurs de guitare qu'elle a coutume d'élire...
désœuvrée aussi, il est inéluctable qu'elle ferait
volontiers sa partie dans ce concerto déterminé
par la saison, instrumenté par le mensonge et
résolu en un spasme aussi nécessaire que banal.

Lui présenter mes madrigaux, fleuretages
frôleurs et soupirs impatients comme d'obli-
gatoires fioritures sur un thème de volupté,
tel serait le soin principal que je prendrais
— sans préjudice des jeux de mains, ces jeux
d'enfants vilains. Feindre un grand intérêt
pour cette musique trop prévue alors qu'elle
penserait surtout à la science sexuelle du musi-
cien, telle serait sa préoccupation. Ensuite,

nous laisserions là les flûtes et les violes sentimentales pour ne plus nous attentionner qu'à
faire chanter la lyre de nos nerfs mis à l'unisson ; puis lorsque le duo d'onomatopées et de
gestes obscènes serait terminé, qu'adviendrait-
il ? Pour elle : « Bonsoir la musique et le mu-
sicien. » Et elle s'irait mettre au lit avec la
bonne conscience d'un exercice hygiénique
accompli. Pour moi : une tristesse vague —
selon les plus récents aphorismes de la science
— un peu d'hébétude et peut-être le souvenir
d'une petite chose brève et sale entre Fleur et
moi.

La lune monte doucement au zénith ; le vent souffle par
capricieuses risées criblées de lumière pâle au lacis des
feuilles mourantes, imprégnées du pollen des corolles
nocturnes. Les heures chantent tout bas. Une grêle
sérénade ondule sur la rivière. La hulotte s'est tue.
   Et Théodore méditatif néglige autant que possible
les incitations du parc.

THÉODORE

Mademoiselle Fleur constitue certainement
une exquise distraction. Son caractère est assez
bariolé pour que je prenne la peine d'en culti-
ver encore quelques aspects au bénéfice de sa
sensualité comme de mon esthétique. Mais

dans l'intérêt bien entendu de notre insouci naturel à tous deux, cette jonglerie avec des boules constellées d'art et de passion vaut-elle qu'on s'y dépense?

Peut-être — pourvu que Fleur veuille bien envisager nos expansions mutuelles en tant que poèmes passagers de la chair et non comme un symbole d'éternité.

D'un autre côté, ne serait-il pas plus rationnel de maintenir cette enfant dans l'illusion de la paradisiaque perpétuité d'un plaisir pourtant fugace et aussi générateur d'inconvénients que de joies?... Dans ce cas, je lui offrirai des bouquets de similitudes sensuelles, sentimentales, littéraires — et exagérées. Je cueillerai pour elle aux serres de mon esprit des orchidées chatoyantes groupées autour du lampyre des dernières faveurs. Si bien, qu'occupée à mirer les orchidées illusoires, elle ne s'aperçoive pas du lampyre. Alors elle continuera d'ignorer que cette bestiole luisante de désir n'est en réalité qu'un peu de phosphore en fermentation.

Il se lève et fait quelques pas dans l'allée en fredonnant un motif de **Parsifal.**

THÉODORE

Bah ! l'occasion décidera... Ou j'écouterai le vent parfumé, la lune, les pollens singulièrement éloquents cette nuit, et j'aimerai mademoiselle Fleur — selon la vie. Ou bien j'assemblerai pour elle des orchidées de légende — selon le rêve... En tout cas, l'un ou l'autre sera satisfait et peut-être tous les deux.

La sérénade ne jase plus sur la rivière. Mademoiselle Fleur apparaît entre les saules. Sa robe blanche luit sous la lune, mièvre comme une candeur, pailletée comme un désir. Ses cheveux taquinés par le vent lui font une frissonnante auréole noire ; ses yeux sont deux aigues-marines où dort un songe de la *Dame de la Mer* ; l'éparse volupté des aromes de roses et de tilleuls la farde de fièvre légère. Elle sourit et ses bracelets tintent. Elle vient rapidement à Théodore tandis que le vent rusé sème des pétales sous ses pas comme pour une procession de vierges repenties. Théodore absorbé ne sait pas son approche.

MADEMOISELLE FLEUR

C'est moi !... Tiens, mais... à quoi pensez-vous donc ?

THÉODORE, l'apercevant.

Moi ? Oh ! à rien — à la nuit. Et vous-même ?

5

MADEMOISELLE FLEUR

Je pense que... Dites-moi, vous devez me savoir quelque gré de n'avoir oublié notre rendez-vous ?

THÉODORE

D'abord il ne me semble pas vous avoir demandé un rendez-vous. Vous m'avez prié de vous attendre ici ce soir, ayant besoin, insistiez-vous, d'un conseil ou d'un service. Comme aucune occupation plus importante ne me sollicitait ailleurs, je suis venu... Mais que diable peut-on bien avoir à se dire parmi cette belle nuit ?

Ils s'asseyent. Théodore mire la lune avec une extraordinaire attention.

MADEMOISELLE FLEUR

Écoutez donc !... Nous fûmes tout à l'heure nous promener en gondole. La rivière était délicieuse...Quelques-uns taquinaient des mandores et s'essayaient à des romances. D'aucuns, étendus à nos pieds, nous contemplaient avec des yeux de mendiants en décembre. Cydalise, très mourante ce soir, priait pour qu'on lui récitât des vers tristes... Comme vous en ce moment, Hécate regardait la lune... Elle est assez singulière, cette Hécate : il me semble, lorsqu'elle rêve près de moi, qu'un peu de nuit m'entre dans le cœur... Pourtant je trouve exquis de la baiser sur la bouche ; ses lèvres sont chaudes et fortes comme celles d'un homme — davantage même.

THÉODORE

Précieuse remarque ! .. Et vous, que faisiez-vous ?

MADEMOISELLE FLEUR

J'étais heureuse : assise à la proue, j'abandonnais au fil de l'eau mes mains et mes bras nus.

THÉODORE

L'attitude de rigueur.

MADEMOISELLE FLEUR

Certainement. — J'aime tremper mes bras dans l'eau câline de la rivière. Elle les couvre de baisers fuyants ; c'est une lente caresse, une molle étreinte à peine sensible... Je crois vraiment alors que tous les ondins et toutes les ondines s'éprennent de moi et s'empressent à me plaire... Et puis j'aime aussi à laisser errer mes doigts à la surface ; j'ai la sensation d'une peau très douce qu'égratignent un peu mes ongles.

THÉODORE

L'épiderme d'Hécate.

MADEMOISELLE FLEUR

Parfaitement. — Parfois, je cueille des plantes aquatiques ; il y a des fleurs rose pâle comme les joues de Cydalise. Je les presse sur ma bouche, je les mordille, je les déchire ; leur goût sucré me grise.

THÉODORE

Et cette saveur surpasse celle des joues de Cydalise, n'est-ce pas ?

MADEMOISELLE FLEUR

Oui !... Ou bien lorsque la gondole frôle une des rives, j'adore être flagellée par les branches des saules inclinés sur l'eau. Des brindilles se mêlent à mes cheveux, me chatouillent le cou ;

les feuilles me parlent à l'oreille ; cela sent bon la verdure... Et je suis heureuse, si heureuse, et je ris... Et j'embrasse tour à tour Cydalise la sentimentale et ma nocturne Hécate.

THÉODORE

Cependant, comment se comportent les seigneurs romantiques et roucouleurs qui languissent à vos pieds ?

MADEMOISELLE FLEUR

Certains entament des tirades doucereuses. « O toi ! » commencent-ils... Mais parce que leurs improvisations sont un peu trop apprises, on ne les laisse pas continuer. On leur jette quelques fleurs qu'ils reçoivent dévotieusement avec des regards en coulisse d'opéra-comique — et ils se taisent. D'autres nous admirent en silence et se pâment d'amour... N'est-ce pas très bien, et le spectacle de notre beauté ne doit-il pas suffire à satisfaire n'importe quel amant ?

THÉODORE

C'est une question de tempérament.

Un nuage orageux monte lentement à l'horizon ; rien ne

remue vers les frondaisons accablées. Les pollens et les parfums s'appesantissent plus impérieux et le silence plane pareil à un sombre Éros aux ailes étoilées.

MADEMOISELLE FLEUR

Oh !... Il y avait encore avec nous un rameur merveilleux. Tout en maniant sa godille, il ne me quittait pas des yeux, et ses regards me brûlaient ainsi que des soleils noirs... Il avait des bras d'athlète polis comme ceux d'une femme et si vigoureux que j'aurais trouvé charmant d'être étreinte un peu brutalement par lui... Et puis il était très beau,

THÉODORE, entre ses dents.

Le lampyre — sous les espèces d'un gondolier bien musclé.

MADEMOISELLE FLEUR

Que dites-vous ?

THÉODORE

Peuh !... une réminiscence d'entomologie — passionnelle... Mais ce récit de vos émotions ne m'apprend pas pourquoi vous m'avez mandé ce soir.

MADEMOISELLE FLEUR

C'est vrai... je l'avais oublié.

Elle hésite. — Un silence. L'orage gronde sourdement. La sérénade reprend très faible au loin.

THÉODORE

Il ne s'agit pourtant pas d'une confession, je suppose ? Nous nous connaissons trop tous les deux pour avoir rien de bien nouveau à nous apprendre — l'un sur l'autre.

MADEMOISELLE FLEUR

Cela dépend. Il y eut des heures — et même des nuits — où nous sommes très bien connus...

THÉODORE

Au sens le plus biblique.

MADEMOISELLE FLEUR

Taisez-vous. — D'autres fois, nous étions semblables à deux étrangers, à deux ennemis et nous nous complaisions à nous griffer mutuellement le cœur. Nous ne nous sommes jamais aimés de la même façon deux jours de suite et, partant, nous ne nous sommes jamais tout à fait connus... C'est vexant.

THÉODORE

Pas du tout! c'est la vie. Quel bizarre entêtement : vouloir éterniser des sensations agréables si elles sont rapides et diverses, monotones et insipides lorsqu'on s'entête à les renouveler trop souvent, prétendre figer son être, quelle chimère! — d'autant plus qu'en amour, pendant les quelques secondes que dure la pleine possession réciproque, toute conscience s'abolit. Dès lors comment se connaître? Cela n'a du reste aucune importance... Non, changer sans cesse, telle serait plutôt la règle naturelle; car variant constamment nous-même, nous ne pouvons imposer à autrui de ne pas varier. Et vous et moi l'avions si bien admise cette règle que, l'un comme l'autre nous avons cherché la variété auprès d'autres personnes.

MADEMOISELLE FLEUR

Oui, mais je pensais à vous près des autres.

THÉODORE

Au moi le plus récent... Pour mon compte, ne revenais-je pas à vous?

Eh bien ! tout cela, c'est on ne peut plus naturel et par conséquent régulier. Tant que l'un des termes de la comparaison nous fut réciproquement favorable, nous avons été curieux l'un de l'autre, nous nous sommes aimés. Lorsque nous avons eu lu au grand-livre de nos caractères le nombre de pages qu'il était en nous de lire, nous avons établi la balance des profits et des pertes, nous avons rompu l'association à l'amiable et nous nous sommes pourvus chacun ailleurs. Il n'y a là rien à regretter, car le fait d'avoir goûté la volupté plusieurs fois ensemble n'implique pas du tout qu'on doive la rechercher perpétuellement l'un par l'autre. L'illusion d'un plaisir éternel constitue un capital fictif grâce auquel on fait banqueroute au bonheur.

MADEMOISELLE FLEUR

Quelle philosophie de commissaire-priseur des sentiments !

THÉODORE

Des sensations, s'il vous plait. Le sentiment est un associé maladroit qui exagère le bilan

des ennuis et fausse en moins le bilan des
joies. Il passe ses erreurs au compte du cœur,
viscère innocent et méconnu. Le tout de bonne
foi... Nous, nous avons tenu le sentiment à
l'écart de nos relations. C'est pourquoi nous
fûmes heureux, ne nous étant pas fixé un idéal
d'extase.

MADEMOISELLE FLEUR

Pourtant vous m'avez dédié des vers fort
tendres et qui parlaient d'amours éternelles.

THÉODORE

Ils témoignaient sincèrement de notre gloire
sensuelle. Ce furent de petites fêtes dont je
pavoisais notre intimité.

MADEMOISELLE FLEUR

Je dois reconnaître qu'au rebours de la coutume, nous ne nous sommes pas pris à nous
détester à la suite de notre aventure passionnelle.

THÉODORE

Non : nous voici même restés d'excellents

amis — et c'est là, j'estime, une preuve de votre bonne santé foncière.

MADEMOISELLE FLEUR

Sans doute... Mais nous nous attardons là à des réminiscences...

THÉODORE

Agréables pour moi, je vous jure.

MADEMOISELLE FLEUR

Pour moi aussi... Maintenant voici ma demande : quelle opinion vous faites-vous de ma petite personne aujourd'hui que vous êtes de sens rassis ?

THÉODORE

Ce que je pense de vous ? Mon Dieu, diverses choses... Mais en quoi cela peut-il vous intéresser ?

MADEMOISELLE FLEUR

J'attache beaucoup d'importance à votre opinion. Je vous dirai pourquoi.

THÉODORE

Eh bien ! une fois de plus je vous saluerai

Fleur la bien-nommée. N'êtes-vous le poème de cette rivière là-bas dont les végétations caressantes, dont les vagues tentatrices vous enlacèrent d'une emprise sororale. La folie odorante de ses rives s'est insinuée dans votre chair pour y éclore en songe de Cyprine... Fleur ! Fleur ! vous êtes encore une corolle née sur l'arbre de la Science. Si le serpent, cet étourdi, vous eût su prévoir, il aurait incité Ève à vous cueillir pour son benêt Adam afin que votre parfum se mariât au parfum de la pomme de vie qu'ils mangèrent ensemble. (*A part.*) Homme de lettres, va !

MADEMOISELLE FLEUR

C'est là un dithyrambe fort musqué et non une opinion.

THÉODORE

C'est une opinion littéraire. (*A part.*) C'est une orchidée.

MADEMOISELLE FLEUR

Mais, je vous prie, dites-moi votre opinion réelle, littérature à part, toute crue.

THÉODORE

Soit ! — Vous êtes belle, vous êtes fougueuse et jamais lasse. Vos lèvres embaument comme des framboises. Vos yeux sont tour à tour une nuit dorée de Colchide et la mer éblouissante d'Ionie. Dans vos bras, aux ondes de votre chevelure électrique, aux glaïeuls de vos seins émus, aux paroles que vous balbutiez dans l'extase, j'ai trouvé la félicité. Maintes fois, de par vous, de par nos querelles et nos réconciliations, de par nos joies et nos tristesses — toujours sincères — j'écartai les mauvais rêves et la vie si quotidienne. Enfin nous nous sommes souvent tant aimés que, sans l'avoir cherché, ah ! — si simplement n'est-ce pas? — nous ne formions plus qu'un seul être éperdu de fièvre et de volupté, savourant la nature comme un fruit d'infini.

MADEMOISELLE FLEUR

Moi aussi, moi aussi, je vous aimai ainsi.
Nous avons vécu insoucieux et heureux...
Mais vous ne me parlez pas de mes défauts.

THÉODORE

Je ne me les rappelle plus.

MADEMOISELLE FLEUR

Pourtant j'en ai.

THÉODORE

Pas beaucoup... Et puis qu'importe ?

L'orage monte et cache la lune. Des éclairs larges embrasent par instants le ciel. Le vent complote avec les tilleuls, les géraniums et les roses. Les saules gémissent un peu. La nuit palpite chaude et passionnée.

Mademoiselle Fleur se lève et se tient debout devant Théodore. Sa robe, dans l'obscurité luit et bruit doucement au rythme un peu précipité de ses seins. Elle se penche, crispe sa main sur l'épaule de Théodore et elle lui verse le sombre vin radieux de ses regards.

MADEMOISELLE FLEUR, émue et souriante.

Êtes-vous disposé à m'aimer cette nuit ?

THÉODORE, pas trop étonné.

Quelle singulière question ! A coup sûr, je... Ah ! Fleur c'est toujours le même parfum très savoureux qui émane de vous...

Mademoiselle Fleur l'enlace et joint ses lèvres aux siennes.

MADEMOISELLE FLEUR

Aimons-nous.

*Théodore lui rend son baiser puis, tout d'un coup,
il éclate de rire.*

THÉODORE

Dites donc, il ne s'agit pas, je pense, de conclure un nouveau traité d'alliance passionnelle à longue durée? Vous ne prétendez pas non plus que j'en use avec vous comme l'un des gracieux qui, dans la gondole, tout à l'heure, vous décochaient six-vingts madrigaux émoussés d'idéal ?

MADEMOISELLE FLEUR

Aimons-nous selon cette nuit orageuse... Aimons-nous comme naguère sans songer à demain.

THÉODORE

Oh! alors je l'adore.

Silence nécessairement prolongé. L'orage passe, récrimine, s'épuise vers l'horizon boréal en arpèges d'éclairs, en points d'orgue grommelants et bourrus. La lune — tellement Tanit — imprègne d'argent vaporeux

les tilleuls attentifs. Le vent s'égaie qui profère distrai-
tement des strophes de pollen embrasé. La ceinture
de mademoiselle Fleur tombe sur le sable et la boucle
sonne.

MADEMOISELLE FLEUR

Que penseraient de tout cela les « donneurs
de sérénades » ?

THÉODORE

Et qu'en diraient les « belles écouteuses »
selon notre Verlaine ?

MADEMOISELLE FLEUR

Oh ! ces êtres qui tourmentent des guitares !

THÉODORE

Ils n'ont pas osé ravir les astres qui tremblent
dans tes yeux.

MADEMOISELLE FLEUR

Elles ne sauraient s'affoler aux fruits du ver-
ger que tu me permis.

THÉODORE

Je t'aime, Fleur !

MADEMOISELLE FLEUR

Et moi aussi ! Et moi aussi !... Cette nuit est si douce.

Théodore détache les bras de Fleur noués à son col et marche sous les tilleuls. Un rossignol chante. Le vent rit pianissimo.

THÉODORE, à part :

Ces temps d'orage émeuvent vraiment de particulières marottes sensuelles.

MADEMOISELLE FLEUR

Pourquoi te reprendre?... Ma bouche a soif encore de toi.

THÉODORE

Non... gardons unique cette joie. Les heures s'enfuient murmurantes. La nuit plus pâle offre aux baisers de l'aube l'or de ses cils ensommeillés. La lune se meurt assouvie. Et bientôt le petit jour va parer de brume rose les arbres fraternels. Écoute : la rosée tinte aux géraniums. Le rossignol apaise sa plainte. Viens nous-en.

Ils vont enlacés vers le château, gris et rouge parmi les feuillages sombres. Sur la plus haute marche du perron ils s'arrêtent.

THÉODORE

Mais à propos, pourquoi me donnas-tu ce rendez-vous et pourquoi sollicitais-tu mon opinion sur ta personne?

MADEMOISELLE FLEUR.

N'as-tu pas aimé tour à tour Hécate et Cydalise cet été?

THÉODORE

Oui... plusieurs fois.

MADEMOISELLE FLEUR

Moi, j'aimai, je crois, maints guitaristes mi-parti... Je voulais comparer une fois de plus et te donner à comparer.

THÉODORE

Ah! il s'agissait d'une expérience… Tiens c'est amusant. Seulement tu aurais dû me prévenir.

MADEMOISELLE FLEUR

Non, je voulais juger de *notre* sincérité.

THÉODORE.

Eh bien! es-tu satisfaite?

MADEMOISELLE FLEUR.

Je t'aime!

THÉODORE.

Merci et… au revoir, Fleur la toujours belle.

MADEMOISELLE FLEUR

Merci et au revoir, gentil preux d'amour.

(Elle rentre.)

THÉODORE.

Toutes choses se passèrent comme il sied. Je fus un grand sot de préparer des pièges et des défenses… Ou plutôt non, cela occupe. Mais quoi, c'est toujours Notre-Dame la Vie qui l'emporte… Et puis j'aime qu'une telle bonne

fortune me soit échue plutôt qu'à ce brutal
gondolier. Suis-je triste? Pas le moins du
monde. Seulement un peu de mal à la tête...
Allons nous refaire du phosphore.

(Il sort.)

Guermantes, Septembre 1894—Février 1895.

TABLE

—

ÉVREUX, IMPRIMERIE DE CHARLES HÉRISSEY

www.ingramcontent.com/pod-product-compliance
Ingram Content Group UK Ltd.
Pitfield, Milton Keynes, MK11 3LW, UK
UKHW021441090726
13657UKWH00003B/1163